*Uri Shulevitz*

# La pièce secrète

**kaléidoscope**

Traduit de l'américain par Isabel Finkenstaedt

Titre de l'ouvrage original: THE SECRET ROOM
Éditeur original : Farrar, Straus & Giroux

Loi n° 49.956 du 16 juillet 1949 sur les publications
destinées à la jeunesse: mars 1995
Dépôt légal: avril 1997
Imprimé en France par Mame à Tours

Diffusion l'école des loisirs

*Pour Stephen Roxburgh*

Un jour, un roi voyageait à travers le désert.

Il y rencontra un homme.
« Pourquoi tes cheveux sont-ils gris
et ta barbe est-elle noire ? »
lui demanda le roi.

« Parce que mes cheveux
sont plus vieux que ma barbe »,
répondit l'homme.

Le roi fut satisfait de la réponse.

Mais il lui ordonna :
« Tu ne dois pas répéter ce que tu m'as dit
avant d'avoir revu mon visage
quatre-vingt-dix-neuf fois. »

Quand le roi fut de retour dans son palais,
il alla questionner son vizir :
« Pourquoi les cheveux d'un homme
deviennent-ils gris avant sa barbe ? »

Le vizir ne connaissait pas la réponse.
Et il n'était pas assez intelligent pour trouver
la solution de l'énigme.

Mais il était rusé.
Il demanda à l'un des compagnons du roi
où ils avaient voyagé.

Puis il se rendit dans le désert, trouva l'homme
et lui posa la question :
« Pourquoi tes cheveux sont-ils gris et ta barbe est-elle noire ? »

« Je ne peux pas vous le dire », répondit l'homme.
« Je suis le vizir du royaume. Si tu ne me le dis pas,
je te ferai jeter en prison. Si tu me le dis,
je te donnerai mille pièces d'or. »

« Quatre-vingt-dix-neuf pièces de cuivre suffiront »,
répliqua l'homme.
Le vizir lui donna l'argent et obtint la réponse.

« Cet homme est un imbécile d'avoir demandé si peu ! » pensa-t-il.

Quand le vizir donna la réponse au roi, ce dernier fit chercher l'homme immédiatement.

« Tu m'as désobéi. »

« Sauf Votre respect, Majesté, j'ai suivi Vos ordres », répliqua l'homme.

« Comment ça ? » demanda le roi.
« Je n'ai rien dit au vizir avant d'avoir vu le visage de Votre Majesté quatre-vingt-dix-neuf fois… sur ces pièces », dit l'homme.

Le roi fut tellement impressionné par l'intelligence de l'homme qu'il le nomma trésorier.
Et l'homme servit le roi avec application.

Avec le temps, le roi vint à le consulter
pour toutes les affaires du royaume
et le récompensait généreusement.

Plus l'influence de l'homme grandissait,
plus le vizir l'enviait. Jour et nuit, il pensait :
« Il faut que je me débarrasse de cet homme. »

Alors il accusa l'homme de voler l'or de la trésorerie du royaume et de le cacher dans sa maison.

Quand le roi en fut informé,

il se rendit chez l'homme.

Les serviteurs du roi fouillèrent la maison
de fond en comble mais ne trouvèrent rien.

C’est alors que le vizir découvrit
une porte verrouillée.
« Ah ! s’exclama-t-il. Une pièce secrète ! »

Le roi donna à l'homme l'ordre d'ouvrir la porte.

Mais la pièce était vide.

Le roi était stupéfait.
« Qu'est-ce que cette pièce secrète ? »
« Votre Majesté, je Vous suis reconnaissant
de tous les honneurs et toutes les richesses
que Vous m'avez donnés, répondit l'homme.
Mais je dois rester humble. »

« Alors je viens dans cette pièce chaque jour
pour me rappeler que je suis toujours le même
homme aux cheveux gris et à la barbe noire
que Vous avez rencontré un jour dans le désert. »

« Je savais que tu étais intelligent, dit le roi.
Maintenant je sais que tu es sage. »
Alors il congédia le vizir
et nomma l'homme à sa place.